QUALITY
RESPONSIBILITY

Choice
Choice

Words
Have
POWER!

Fitness

DEDICATION

Trust

EMPATHY

I AM ENOUGH
I AM STRONG
I AM CONFIDENT
I AM THE POWER
I LOVE ME
I AM HEALTHY
I AM KIND
I AM FREE

to be best in a
point of view.
College [ˈkɒl
higher learn
educational
school or ar

I AM ENOUGH
I AM STRONG
I AM CONFIDENT
I AM THE POWER
I LOVE ME
I AM HEALTHY
I AM KIND
I AM FREE

Accepted

FOCUS
PREFACE

Top 5

I am brave

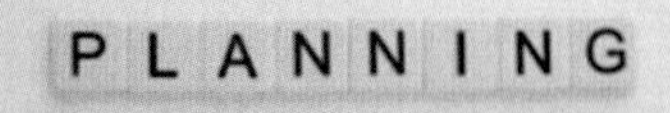
PLANNING

NEVER
Give up

FUTURE

I am kind

Career

MINDSET

Motivation
Vision
Planning
Goals
PERSONAL
GROWTH
Learning
Develop
Creativity
Training

BRIGHT
FUTURE
AHEAD

I AM ENOUGH
I AM STRONG
I AM CONFIDENT
I AM THE POWER
I LOVE ME
I AM HEALTHY
I AM KIND
I AM FREE

International
FAMily
Day
may 15

SMILE

YES
you can!

I AM ENOUGH
I AM STRONG
I AM CONFIDENT
I AM THE POWER
I LOVE ME
I AM HEALTHY
I AM KIND
I AM FREE

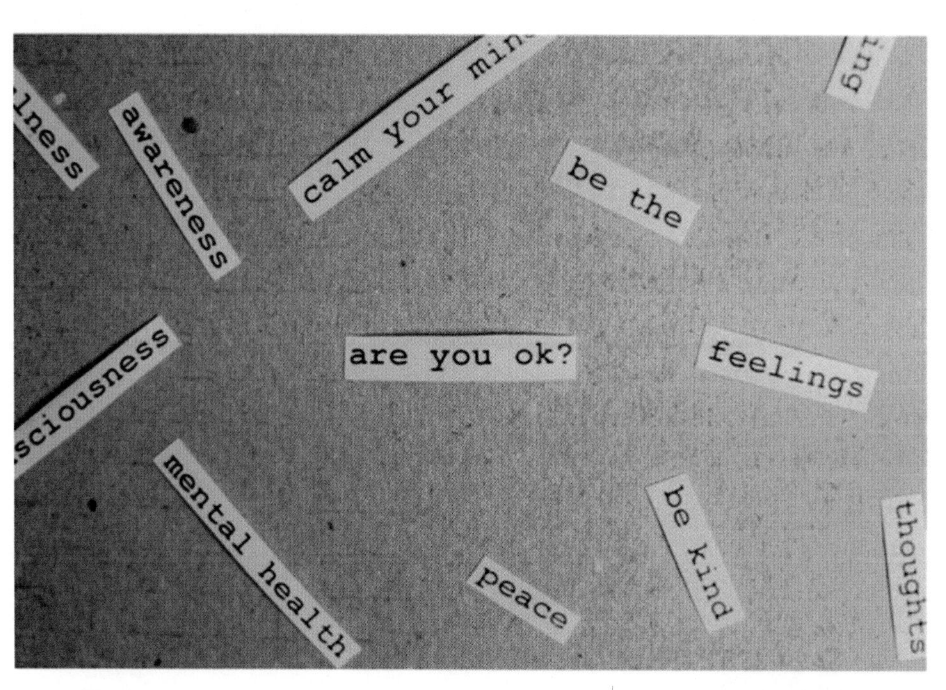

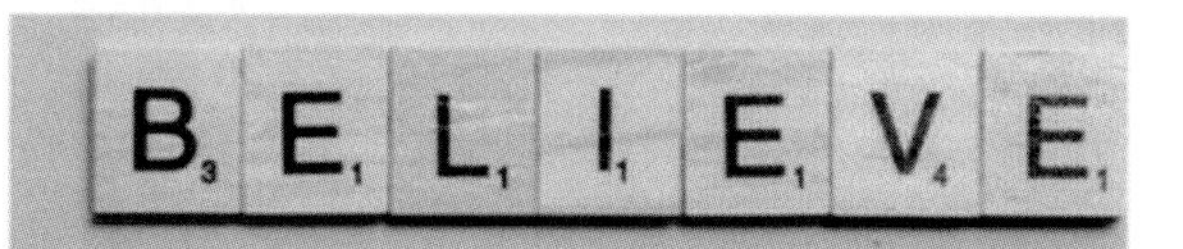

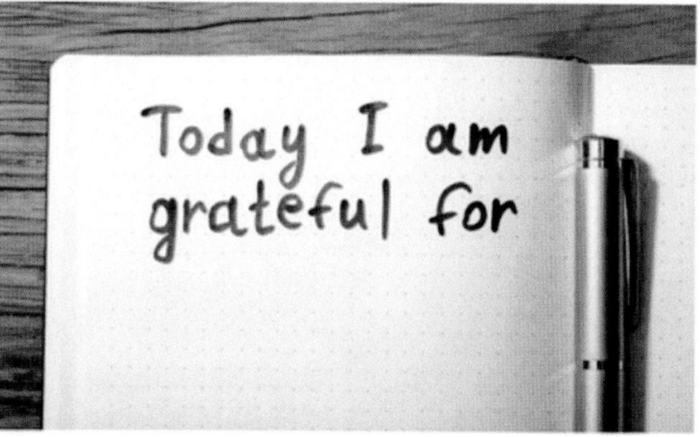

Where Do You See Yourself in 5 Years?

I AM ENOUGH
I AM STRONG
I AM CONFIDENT
I AM THE POWER
I LOVE ME
I AM HEALTHY
I AM KIND
I AM FREE

Love

~ feeling
friend·ship
feeling or
live together
period of
forget

point of view.
Confidence
trusting relati

FORCE

YES

LAUGH

FAMILY

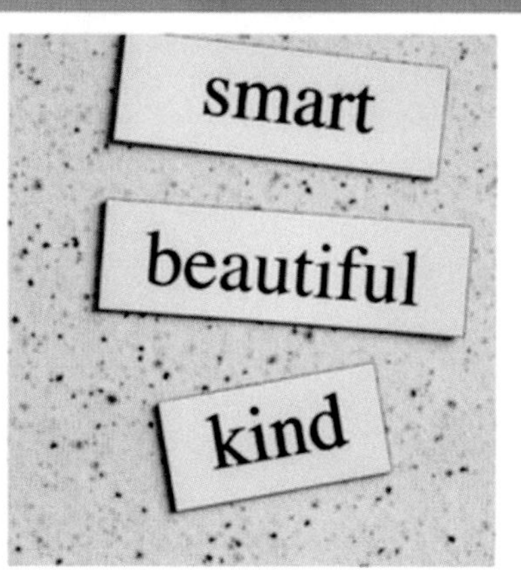

SAFE
SPACE

I AM ENOUGH
I AM STRONG
I AM CONFIDENT
I AM THE POWER
I LOVE ME
I AM HEALTHY
I AM KIND
I AM FREE

HEALTHY HABITS
WEIGHT LOSS
Keep going
WORK OUT
HEALTHY BODY HEALTHY LIFE
DON'T LET YOUR MIND BULLY YOUR BODY
EAT LESS SUGAR

LOYALTY

PEACE

NOW

gluten free
diet
products
health
quinoa
coconut flour
eating
cooking
nutrition
buckwheat
almond flour
chia seeds

TRUST
YOUR
FEALINGS

I AM ENOUGH

I AM STRONG

I AM CONFIDENT

I AM THE POWER

I LOVE ME

I AM HEALTHY

I AM KIND

I AM FREE

COLLEGE
APPLICATION
APPROVED

responsibility
inspiration
influence
management
business
confidence
support
team
mission
leadership
power
mentor
vision
success
strategy
teamwork
empower
captain
network

THINK
FACTS
LECTURE
TRAINING
CULTURE
PROGRAM
SCHOOL
READING
UNIVERSITY
INTELLIGENT
BOOKS
COLLEGE
SCIENCE
STUDY
LEVEL

LEADERSHIP
control
positive
wisdom
decisions
priorities
mission
courage
creativity
strategy
authority
influence
skill
risk
empowerment
social
achievement
confidence
success
honor
interaction
charisma
collaboration
position
values
intelligence
honesty
integrity
innovation
experience
management
responsibility
determination
vision
trust
power
competence
passion
inspiration
commitment
sincerity

BACHELOR
MASTER

PROJECT

DEGREE

Be Kind

I AM ENOUGH
I AM STRONG
I AM CONFIDENT
I AM THE POWER
I LOVE ME
I AM HEALTHY
I AM KIND
I AM FREE

START

SKILLS

DON'T GIVE UP

I AM ENOUGH
I AM STRONG
I AM CONFIDENT
I AM THE POWER
I LOVE ME
I AM HEALTHY
I AM KIND
I AM FREE

F10
F11
F12
HAPPY
BIRTHDAY
Alt Gr

HAPPY
LIFE

College Diploma

OPEN

HARVARD
CAMPUS SERVICES
VE RI
TAS

S. CAMPUS
N. HARVARD ST

I AM ENOUGH
I AM STRONG
I AM CONFIDENT
I AM THE POWER
I LOVE ME
I AM HEALTHY
I AM KIND
I AM FREE

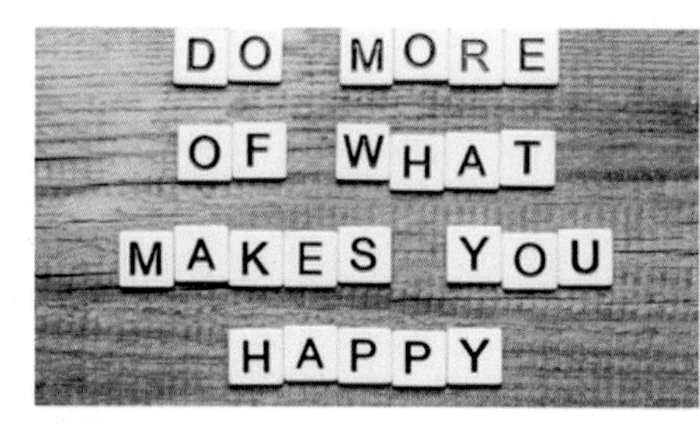

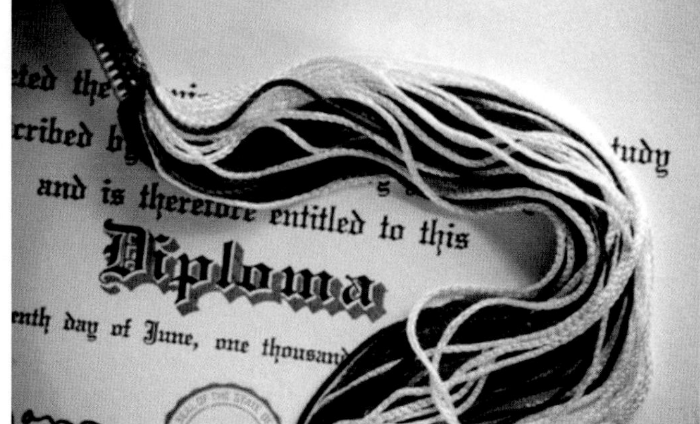

FRIENDSHIP

COLLEGE

I AM ENOUGH
I AM STRONG
I AM CONFIDENT
I AM THE POWER
I LOVE ME
I AM HEALTHY
I AM KIND
I AM FREE

IMAGINATION
I CAN
and
I WILL

EDUCATION

Earn

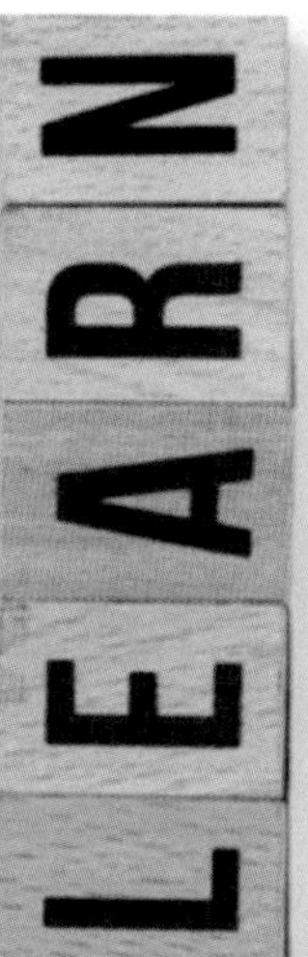
LEARN

Rich

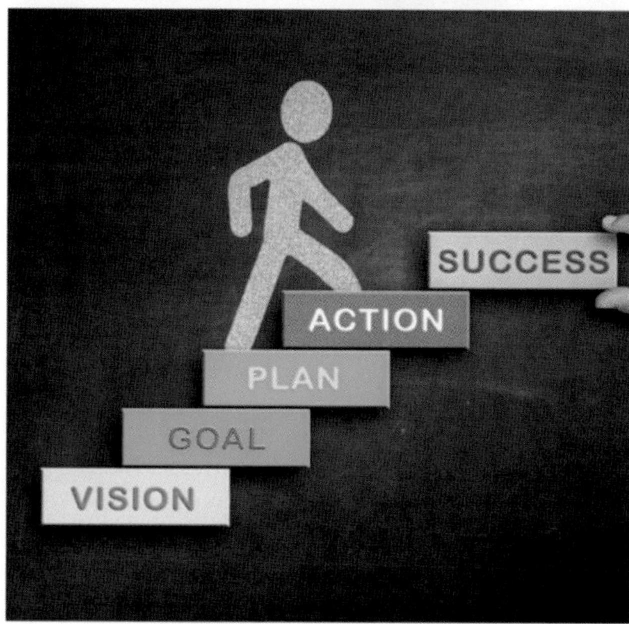
SUCCESS
ACTION
PLAN
GOAL
VISION

I AM ENOUGH
I AM STRONG
I AM CONFIDENT
I AM THE POWER
I LOVE ME
I AM HEALTHY
I AM KIND
I AM FREE

Family

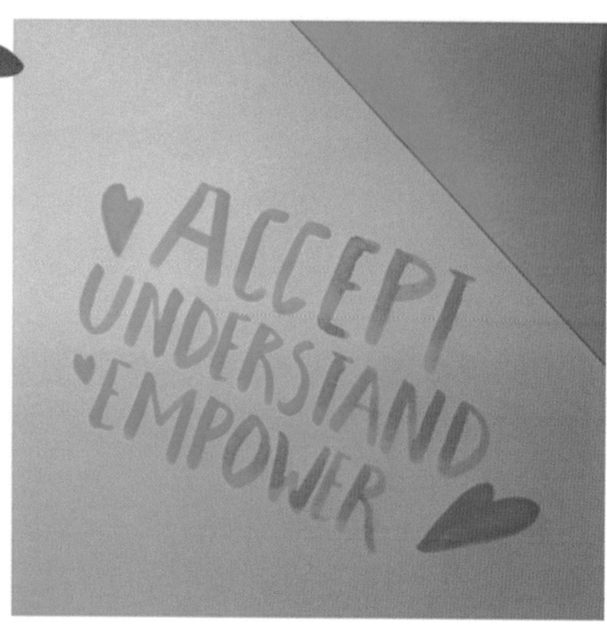

HAPPINESS

I AM ENOUGH
I AM STRONG
I AM CONFIDENT
I AM THE POWER
I LOVE ME
I AM HEALTHY
I AM KIND
I AM FREE

I CAN

BE
SPECIFIC

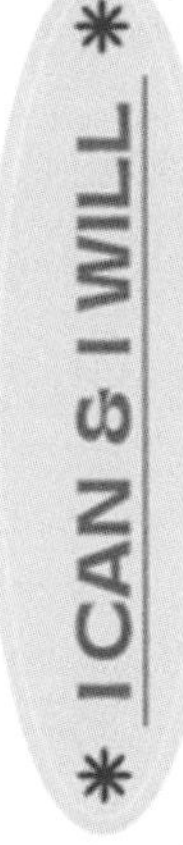
I CAN & I WILL

SUCCESS

BE
GOOD

study
online
course
school
learn
knowledge
pupil
college
seminar
university
teamwork
education

BE STRONG...

I am
SMART

DO IT

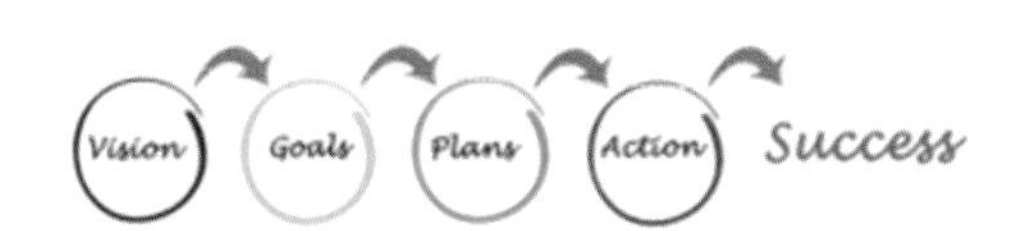
Vision
Goals
Plans
Action
Success

NEVER
STOP
LEARNING

THINK
POSITIVE
BE
POSITIVE

EDUCATION

I AM ENOUGH
I AM STRONG
I AM CONFIDENT
I AM THE POWER
I LOVE ME
I AM HEALTHY
I AM KIND
I AM FREE

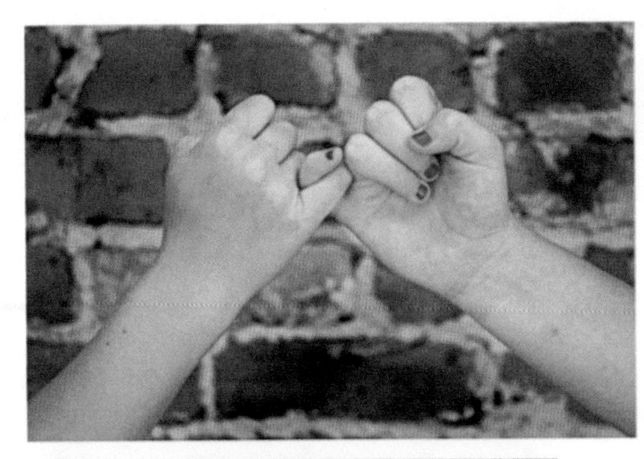

BFF

Best Friends

SELF
LOVE

LOVE
YOUR
SELF

I ♥
ME

I am
SUCCESSFUL

I AM ENOUGH
I AM STRONG
I AM CONFIDENT
I AM THE POWER
I LOVE ME
I AM HEALTHY
I AM KIND
I AM FREE

GIVE RESPECT
EARN RESPECT

bravado
boldness, machismo,
boasting.
brave adj. COURAGEOUS,
fearless, intrepid, pluc
ic, bold, daring,
lion-hearted, spirited,

cool

STOP
hating
Yourself

HELP
OTHERS
BE
KIND!

I AM STRONG
I AM CAPABLE
I AM RESILIENT

I AM ENOUGH
I AM STRONG
I AM CONFIDENT
I AM THE POWER
I LOVE ME
I AM HEALTHY
I AM KIND
I AM FREE

PARTY

I AM ENOUGH
I AM STRONG
I AM CONFIDENT
I AM THE POWER
I LOVE ME
I AM HEALTHY
I AM KIND
I AM FREE

MOOD

I AM ENOUGH
I AM STRONG
I AM CONFIDENT
I AM THE POWER
I LOVE ME
I AM HEALTHY
I AM KIND
I AM FREE

BEACH
PARTY

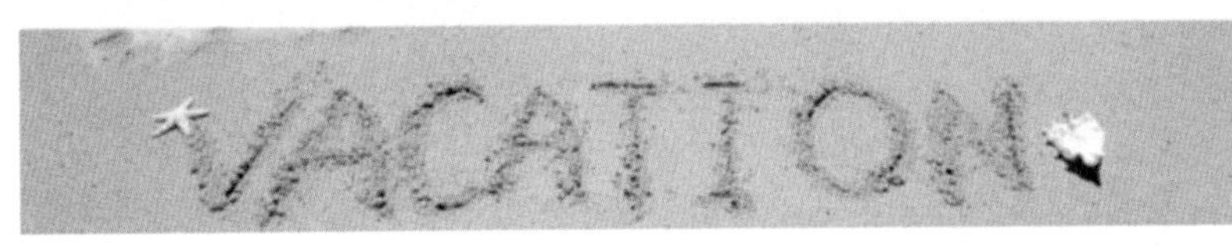
VACATION

SUMMER

I AM ENOUGH
I AM STRONG
I AM CONFIDENT
I AM THE POWER
I LOVE ME
I AM HEALTHY
I AM KIND
I AM FREE

YES TO
NEW
ADVENTURES
DO
THIS

London
Southampton
English Channel
BELGIUM
Brest
Paris
EUROPE
Nantes
FRANCE
Bern
Bordeaux
Lyons
Bilbao
Oporto
Madrid
Barcelona
Lisbon
SPAIN

EXPLORE

ASIA
EUROPE

Methods

#MOOD
I am
HAPPY

I AM ENOUGH

I AM STRONG

I AM CONFIDENT

I AM THE POWER

I LOVE ME

I AM HEALTHY

I AM KIND

I AM FREE

Everything
YOU CAN
IMAGINE

IMAGINATION

I AM ENOUGH
I AM STRONG
I AM CONFIDENT
I AM THE POWER
I LOVE ME
I AM HEALTHY
I AM KIND
I AM FREE

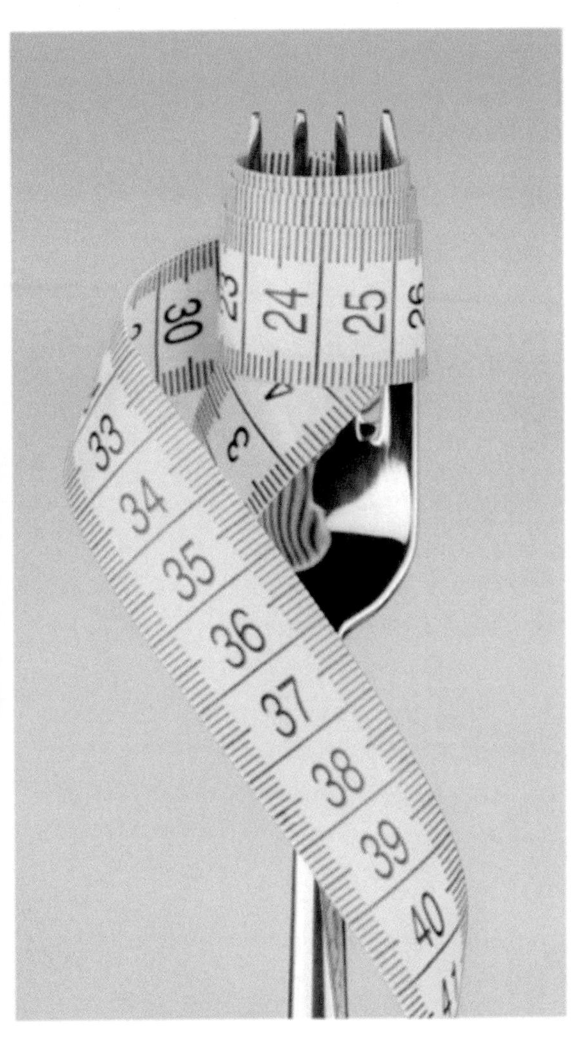

SHAPE
THE FUTURE

i am beautiful ✦

I am
KIND

I AM ENOUGH
I AM STRONG
I AM CONFIDENT
I AM THE POWER
I LOVE ME
I AM HEALTHY
I AM KIND
I AM FREE

TOGETHER

I AM ENOUGH
I AM STRONG
I AM CONFIDENT
I AM THE POWER
I LOVE ME
I AM HEALTHY
I AM KIND
I AM FREE

DIRECTION

PROUD
to be ME!

I AM ENOUGH
I AM STRONG
I AM CONFIDENT
I AM THE POWER
I LOVE ME
I AM HEALTHY
I AM KIND
I AM FREE